QUELQUES RÉFLEXIONS

D'UN

AMATEUR

SUR UNE BROCHURE INTITULÉE:

UN MOT

D'UN INVALIDE. *(par P.-E. Morin, d'aprè*

Quand on court après l'esprit, on attrape la
sottise. MONTESQUIEU.

A SAINT-ÉTIENNE,

Chez Tourjon, Libraire.

Juin 1821.

Au Puy, de l'Imprimerie de J. G. GUILHAUME.

QUELQUES RÉFLEXIONS

D'UN

AMATEUR.

Lᴇ Pᴜʙʟɪᴄ sera peut - être étonné que je vienne me mêler d'une discussion qui a lieu entre des médecins d'un grand mérite, moi qui par état semble devoir être étranger à l'art qu'ils exerçent. Je ne me serais sûrement pas décidé à prendre la plume en cette occasion, si je n'avais été involontairement la cause des désagrémens arrivés à l'un d'eux, et si son adversaire mal instruit, en me désignant dans une note n'avait sur des renseignemens inexats été conduit à donner des faits faux, qui pourraient, s'ils étaient vrais, me faire du mal. En les rectifiant, je paierai la dette de la reconnaissance, et j'en prendrai occasion d'exposer une théorie sur la fièvre muqueuse déduite d'une théorie plus générale qui m'est propre et que je n'ai l'intention de développer que beaucoup plus tard. Heureux, si je puis par là propager

*

l'emploi du traitement qui me semble le meilleur ! Je n'aurai point à craindre que mon opinion
soit reçue sans examen, mon état est une forte
prévention contre moi.

Si je suis obligé quelquefois d'être en oppo-
sition avec notre respectable Invalide et de me
rapprocher de ses adversaires, il me pardonnera
sans doute et ne s'en offensera pas : car ne le
connaissant pas, je ne puis avoir aucun ressentiment contre lui ; au contraire sa haute réputa-
tion, justement méritée, m'a toujours porté et
me porte encore à avoir pour lui une grande
vénération. Je suis cependant un peu fâché de
ce qu'il m'a désigné dans une brochure d'une
manière un peu désagréable.

Il faut en général respecter les usages et les
préjugés de la société dans laquelle on vit, il
en est cependant de certains qu'il faut mettre
de côté, cela doit être permis à ceux qui tra-
vaillent au bonheur de leurs semblables. Tel est
le cas où des hommes se vouant à l'étude de
la médecine et de la chirurgie sont obligés
d'ouvrir, de disséquer des cadavres. En cela les
modernes plus sages que les anciens, convaincus
de l'utilité de ces opérations n'y mettent point
d'obstacle, surtout si ceux qui les font ne les
font qu'avec beaucoup de discrétion. C'est parce
que notre Invalide me reproche d'avoir, dans

une autopsie cadavérique prouvé qu'il ne devait
m'être pas permis de la faire et d'avoir manqué
à certains égards que je dois me justifier. Notre
Invalide dit dans sa brochure (note de la page 8),
» qu'une autopsie a été faite il y a quelques mois
à l'hospice, sous prétexte d'éclairer sur quelques
points un Amateur. Les recherches sur le cerveau n'étaient pas dignes de l'opérateur anatomiste. *Le seul plaisir de mutiler un cadavre qui
devait être scruté par deux médecins de l'hospice,
un petit accès de ressentiment*, tels furent
les motifs qui firent pratiquer une opération qui
fût sans profit pour celui qui la pratiquait, et
sans utilité pour celui en faveur duquel on la
faisait. »

Voici les faits tels qu'ils se sont passés et tels
que plusieurs personnes dignes de foi pourraient
l'attester.

M'occupant depuis quelques années d'études
idéologiques et médicales dans mes momens
de loisir; j'étais parvenu à croire avoir fait quelques découvertes. Convaincu que les livres seuls
ne pouvaient instruire suffisamment, j'obtins par
mes sollicitations, de quelques médecins et
chirurgiens qu'ils me laisseraient les suivre dans
leurs opérations : ainsi j'acquis des idées plus
exactes sur la structure humaine; mais je n'avais
qu'une idée confuse de l'ensemble. J'engageai

notre opérateur anatomiste à me procurer les moyens de disséquer un cadavre entier, il me le promit. Je fus une année entière sans pouvoir en trouver l'occasion, mes occupations ne me permettant que d'être par momens à St.-Etienne. Enfin allant un matin avec notre opérateur à l'hospice, nous demandâmes à l'homme de service, si quelque personne était morte, il nous dit qu'une personne étrangère à la ville venait de mourir, nous lui dîmes alors que nous viendrions l'après midi pour le disséquer. Notre opérateur anatomiste très-adroit dans ce genre d'opérations, voulut bien me promettre de la faire lui-même. Après avoir ouvert la poitrine, examiné les viscères qu'elle contient, ouvert le cerveau et le cervelet (quoique notre Invalide dise le contraire), avoir ouvert la vessie, les testicules, détaché un ou deux muscles des cuisses, on vint nous dire que deux médecins de l'hospice voulaient ouvrir ce cadavre. Il était mort d'une maladie de vessie. Quoique depuis long-temps j'eusse désiré voir les objets qu'on venait de me mettre sous les yeux, je fus fâché d'avoir été cause que ces Messieurs ne pûrent faire ce qu'ils désiraient, je leur en aurais fait mes excuses, si j'avais eu l'honneur de les connaître et que j'eusse cru qu'ils y tinssent beaucoup. Ainsi les torts qu'on impute à notre opérateur ont

été sans fondement ; s'il en existe, ils sont involontairement de mon côté et on n'aurait pas
dû lui en savoir mauvais gré.

Si ces deux médecins de l'hospice avaient l'intention de faire une autopsie cadavérique, j'ai
assez de mémoire pour leur donner une grande
partie des détails qu'ils désiraient avoir par eux-
mêmes. Notre jeune médecin me fit remarquer
que l'urine contenue dans la vessie commençait à
tomber en putréfaction, que des nuages fibreux
la traversaient, que les parois du cœur étaient
un peu plus faibles qu'à l'ordinaire, que le cerveau et le cervelet étaient très-sains ; mais qu'il
y avait dans la cavité du crâne un peu de sang
extravasé, et que tout l'extérieur du corps était
plus affaissé que dans l'état ordinaire. Nous allons venir à présent au second objet de cette
brochure.

Depuis qu'il existe des médecins au monde,
des discussions ont existé entr'eux sur le meilleur
traitement à suivre pour la guérison des maladies,
et jamais elles n'ont laissé dans l'esprit des
malades que des idées désagréables et en général
désavantageuses pour la médecine. Des méthodes
qui paraissent opposées ont régné chacune à leur
tour et souvent ensemble. N'est-on pas en droit
de se demander laquelle est avantageuse, la-

quelle est nuisible ? Ne sont - elles pas toutes également bonnes, et pourquoi ? Et si elles ne le sont pas, laquelle est la meilleure ? Je me suis souvent fait ces questions : à force d'y réfléchir, je suis parvenu à les résoudre au moyen d'une théorie que je vais exposer et que je vais appliquer à la discussion médicale qui s'est élevée entre les médecins de St.-Etienne, et aux divers modes de traitement qui sont employés dans cette ville pour la fièvre muqueuse.

L'homme est composé de fibres de différentes espèces, qui par leurs différens assemblages forment toutes les parties qui le composent. Ces fibres quelle que soit leur nature, ont des propriétés communes qu'elles conservent tant que l'homme vit et qui modifient et masquent quelquefois entièrement, celles qu'elles ont lorsqu'il ne vit plus, pour ne conserver que celles qui conviennent aux corps inorganiques ; telles la pesanteur, l'inertie, l'affinité, etc. Dans les corps vivans elles en ont encore d'autres qui ont été définis par les Auteurs, chacun à leur manière ; voici comment je les conçois :

Dans quelque état qu'on considère la fibre animale, dans quelque partie du corps vivant qu'elle se trouve, j'ai cru remarquer que lorsqu'elle était mise en contact avec un corps quel-

qu'il soit, le mouvement tonique (1) dont elle
est douée et qui semble inhérent à l'état de vie,
était augmenté; que sa force d'inertie était cause
qu'il fallait un certain temps pour que cette
augmentation de mouvement tonique arrive au
maximum; qu'après cela il diminuait pour revenir au premier état. Quel que soit alors le tems
du contact de ce corps avec la fibre, son mouvement n'augmentait que lorsque l'on augmentait la masse de ce corps. Si après un certain
tems on met de nouveau ce corps ou un sem-
blable en contact avec la fibre, ce second contact produit toujours une augmentation de mouvement tonique, mais moindre la seconde fois
que la première. Au troisième contact, cette
augmentation est encore moindre. Enfin après
un certain nombre de contacts, elle peut être
regardée comme nulle. C'est ainsi que l'habitude
rend nul sur le corps humain l'effet des poisons
et des remèdes les plus actifs, pourvu qu'on en
augmente la dose d'une manière insensible.

Lorsque la fibre ne peut plus être excitée par
un corps, le moyen d'augmenter son mouvement
tonique est de la mettre en contact avec d'autres corps. Il arrivera par rapport à ceux-ci, ce

(1) J'entends par mouvement tonique, le mouvement vibratoire
dont chaque fibre est douée dans l'état de vie, et tel que l'a défini
M. BARTHEZ, dans ses nouveaux Élémens de la science de l'homme.

qui est arrivé par rapport au premier, l'habitude en rendra l'effet nul. Cela arrivera d'autant plus vîte pour ceux-ci, que la fibre a déjà été plus excitée, parce qu'elle est d'autant moins susceptible de l'être encore, et d'autant plus vîte que les corps mis en contact avec elle ont plus de rapports de similitude avec ceux qui les ont précédé.

Les mouvemens qui résultent dans le corps humain de ces différens mouvemens toniques, produisent sur l'ame des sensations d'autant d'espèces que la fibre ou l'assemblage des fibres est mu diversement. Ces sensations sont agréables toutes les fois qu'elles ont quelque analogie avec celles déjà perçues, et désagréables toutes les fois qu'elles s'en éloignent. Ces sensations causent d'autant plus de plaisir qu'elles ont plus de rapport aux sensations habituelles *et vice versâ*. Elles deviennent nulles, quand elles sont tellement habituelles qu'elles n'excitent en aucune manière le corps humain, elles sont alors pour nous comme si elles n'existaient pas ; mais avant ce moment elles produisent l'ennui, le dégoût, la tristesse qui ne sont autre chose que le déplaisir de ne pas sentir la vie. Nous donnerons pour exemple, à l'appui de ces principes que l'on remarque tous les jours, que des sensations qui nous avaient été désagréables au premier abord, parce qu'elles étaient nouvelles sont devenues agréables par l'habitude ; que des sensations agréables nous procurent du dégoût par la continuité non interrompue de cette sensation.

Si dans le corps humain aucune de ses parties ne changeait dans le cours de la vie et qu'aucune d'elles ne se renouvellât en tout ou en partie ; ou qu'elle n'augmentât ni ne diminuât, d'après les propriétés que nous venons de donner à la fibre vivante, on pourrait, connaissant la manière dont elle compose le corps humain, les corps qui se trouvent à chaque instant en contact avec elle, résoudre toutes les questions qu'on pourrait se proposer relativement à la médecine. Mais comme il n'en est pas ainsi, il faut que nous entrions encore dans d'autres détails pour y parvenir.

Pendant tout le tems que le corps vivant subsiste, il s'opère dans son intérieur différentes transformations par lesquelles les humeurs, les parties molles, les parties solides s'approprient une partie des substances qui se trouvent en contact avec elles et les changent en leur propre substance. Il se perd à l'extérieur non seulement une partie des substances introduites dans l'intérieur, qui n'ont pu être assimilées, mais encore une partie de la substance même du corps, fluide, molle et solide. Ces dernières

sont composées presque entièrement des substances vivantes, qui ayant perdu beaucoup de
leur irritabilité propre , sont plus facilement
décomposées par les agens chimiques introduits
avec les substances propres à être assimilées, et
des parties qui avant d'être assez élaborées, se trouvent soumises à leur action et à celles des agens
extérieurs. De ces différentes opérations, les unes
servent à élaguer les parties qui perdent leur
irritabilité, les autres à en donner d'autres qui
l'ont encore dans toute leur force. Suivant que
les unes l'emportent sur les autres ou sont en
équilibre, le corps vivant devient plus ou moins
irritable ou reste dans le même état.

Quelquefois cette propriété assimilatrice, au
lieu de tendre à conserver la vie, tend à la détruire
en changeant la nature des humeurs, telle est
l'innoculation de toute substance animale, détériorée par la maladie, qui change bientôt la substance saine qui lui correspond en une substance
viciée. Il paraît que comme corps nouveau in-
troduit dans l'organisme et de plus comme corps
susceptible d'assimiler les liquides à sa propre
substance , elle porte une grande excitation sur
les vaisseaux dans lesquels est contenue l'humeur
qui lui est la plus analogue et en change la
nature : de la même manière qu'un cristal intro-
duit dans une dissolution force les molécules

qui sont de même nature que lui à cristalliser.
Aussitôt qu'une certaine quantité de ces humeurs
est changée, les parties qui la contiennent étant
plus excitées deviennent douloureuses et restent
ainsi tant que ces humeurs ne sont pas renou-
vellées, ou que le tems ne tourne pas en habitude,
la sensation que produit le contact de ces humeurs détériorées ; ou à moins que les humeurs
introduites ne soient, si loin de leur état primitif, qu'elles n'aient avant ce tems détruit toute
la machine humaine.

Nous nous arrêtons là dans le développement
de nos principes et nous allons les appliquer
de suite à l'art de guérir.

Lorsque dans l'homme une ou plusieurs des
fonctions, qui servent à sa conservation, ou à
l'usage de ses facultés, vient à ne pouvoir être
conduite de la même manière que dans l'état de
santé, les organes qui servent à l'exercice de cette
fonction, produisent dans notre ame différentes
impressions ordinairement désagréables ; mais
toujours différentes de l'état habituel et qui cons-
tituent ce qu'on appelle les symptômes de la maladie. L'art de guérir ou de remettre le corps
humain dans l'état habituel, consiste à reconnaître d'abord d'après ces symptômes, quelles
sont les parties lésées et dans quel état elles se
trouvent. Après l'avoir reconnu, on n'a plus

qu'à chercher dans tous les corps de la nature ou les habitudes de l'ame et du corps, ceux qui doivent servir par leur direction vers cette partie, en agissant directement, ou par leur direction sur d'autres, en agissant par dérivation, à faire en sorte que les parties lésées reprennent leur état primitif. Ces corps, ou ces habitudes, par des raisonnemens déduits de mes principes et qu'il serait trop long de rapporter ici, peuvent être classés par rapport à l'art de guérir, ainsi qu'il suit :

Ne servant pas à l'assimilation ou n'y servant que faiblement.

1.° Augmentant faiblement le mouvement tonique.
- L'eau pure.
- Les acides étendus d'eau.
- Les alcalis étendus d'eau.
- La chaleur tempérée.
- Les sensations agréables, mais douces, etc.

2.° Augmentant moyennement le mouvement tonique.
- Les vins.
- Les résines.
- Les sels.
- Les sensations agréables, mais vives, etc.

3.° Augmentant fortement le mouvement tonique.
- L'opium, l'émétique.
- La ciguë.
- L'alcool.
- La chaleur très-grande
- La douleur, etc.

Servant à l'assimilation.	4.º Augmentant faiblement le mouvement tonique.	Le chyle. Le sang. Les légumes. Les céréales, etc.
	5.º Augmentant moyennement le mouvement tonique.	La bile. Les crucifères. Les plantes amères. Les viandes, etc.
	6.º Augmentant fortement le mouvement tonique.	Le suc gastrique. Les plantes odoriférentes. L'ail, etc.
	7.º Changeant la nature des humeurs et tendant à détruire le corps humain.	Les différens virus. Les exhalaisons putrides, etc.
Diminuant la force assimilatrice.	8.º Diminuant le mouvement tonique.	La saignée. Les pertes d'humeurs, etc.
Détruisant entièrement la force assimilatrice.	9.º Décomposant la fibre vivante.	Les acides concentrés. Le nitrate d'argent fondu, etc.

Nous n'avons pas parlé ici des spécifiques, quoique nous en admettions quelques uns, parce qu'il aurait fallu entrer dans une longue discussion pour nous faire comprendre, et que d'ailleurs nous n'en avons pas besoin pour le sujet qui fait l'objet de cette brochure.

Ces principes posés appliquons-les à la recherche du traitement le plus convenable à la maladie qui fait le sujet de la discussion entre nos docteurs : *la fièvre muqueuse.*

Nous avons dit que l'art de guérir consistait

à reconnaître d'après les symptômes de la maladie, quelles sont les parties lésées et dans
quel état elles se trouvent. Pour discuter tous
les différens exemples de fièvre muqueuse, il
faudrait beaucoup de pages et faire presque un
traité de physiologie tiré de mes principes, cela
serait hors de propos. Heureusement une autre
marche plus courte se présente, pour arriver au
même but.

Que la fièvre muqueuse se termine mal ou
bien (1) les symptômes précurseurs sont les
mêmes ; tels un sentiment de malaise et de pesanteur générale, un sommeil inquiet, la perte
de l'appétit et des rapports acides. Dans le
courant de la maladie : état de pâleur et de flac-
cidité générale, bouche fade ou pâteuse, soif
légère, perte d'appétit, nausées ou vomissemens
de matières fades ou visqueuses, fades ou acides,
pouls petit et faible, etc.

Puisque ces symptômes sont communs à toutes
ces fièvres, de quelque manière qu'elles se terminent, on doit en conclure que le corps de
l'homme était dans la même situation, mais avec
des lésions moins fortes, lorsqu'elles se terminent
bien que lorsqu'elles se terminent mal. Or, dans
ce dernier cas, les autopsies cadavériques (2)

(1) Pinel, nosographie philosophique, tome 1, page 115.
(2) Pinel, nosographie philosophique, tome 1, page 128.

font

font voir que l'on trouve ordinairement des aphtes dans l'arrière-bouche, c'est-à-dire, un détachement dans certains endroits de l'espèce d'épiderme qui recouvre la membrane muqueuse. Ce même épiderme a paru se détacher en petits fragmens dans l'intérieur de l'œsophage ou de l'estomac, et il s'est alors manifesté au-dessous, des follicules muqueux souvent distendus par une mucosité grisâtre et épaisse. La membrane muqueuse du *duodénum* et des autres intestins a fait voir souvent un changement analogue, quelquefois avec un enduit visqueux de mucosités, soit décolorées avec quelques vers lombricaux, soit hétérogènes et avec une teinte jaunâtre. Les follicules de la membrane muqueuse ont offert dans leurs changemens plusieurs variétés : quelques unes étaient applatis et comme comprimés, avec une ouverture plus ou moins sensible ; d'autres étaient plus ou moins prolongés en forme de petites excroissances ou de papilles fongueuses, et ils étaient plus ou moins développés en conservant ses apparences, soit à la partie inférieure de l'œsophage, dans l'estomac, ou vers le pylore, soit dans le *duodénum* ou l'intérieur des autres intestins. On a vu quelquefois le *jejunum* enduit dans tout son trajet d'une grande quantité de matière muqueuse et tenace, et dans le colon, des filamens ramifiés comme de la réglisse

concassée , mêlée avec des matières stercorales
et des vers trichurides. Les autres résultats des
observations cadavériques ont porté sur des traces
d'inflammation dans divers points de la membrane péritonéale ou dans des altérations du
tissu de quelqu'un des vicères abdominaux.

Tous ces changemens qui sont survenus dans
le canal alimentaire , n'indiquent-ils pas que
dans la maladie qu'on appelle fièvre muqueuse,
une irritation considérable a dû subsister le long
de ce canal. Car y a-t-il autre chose que les
causes irritantes (ou excitant fortement la fibre)
qui puissent produire des excroissances ou des
duretés dans quelques parties du corps, un afflux
d'humeurs et une plus grande sécrétion de celles-
ci , ensuite une dégénérescence de ces humeurs,
des séparations de quelques parties des mem-
branes. C'est d'après l'autopsie cadavérique que
nous venons de rapporter ce qu'on remarque
dans tout le conduit alimentaire ; lorsque les
individus sont morts de la fièvre muqueuse. Cette
irritation a été assez forte pour porter des changemens dans les parties voisines de ce canal ,
qui ont une liaison intime avec lui, tel l'inflammation de la membrane péritonéale et les altérations dans le tissu des viscères abdominaux.
On doit donc en conclure que dans la fièvre

muqueuse le canal alimentaire est dans un grand état d'excitation.

Si l'on pouvait encore porter des doutes sur les raisons, qui nous le font penser, on n'aurait pour les fortifier qu'à jeter un coup d'œil sur les causes que les médecins ont assigné à cette maladie(1), telles : santé détériorée par des fièvres intermittentes rebelles, disette, abus de vomitifs et de purgatifs, etc. , causes qui tendent à exciter le canal alimentaire. Telles encore : habitation dans des lieux marécageux, froids, humides et bas, défaut de propreté, veilles prolongées, affections morales tristes, etc. ; causes qui tendent à diminuer le mouvement des parties qui servent à la vie animale, et à augmenter par conséquent l'afflux des humeurs vers les organes qui servent imminemment à la vie organique ; l'estomac, les intestins, etc.

Pour traiter cette maladie, il faudra donc diminuer l'excitation du canal alimentaire et exciter l'éxtérieur du corps. Pour remplir la première indication, il faudra prescrire la diète(2), les boissons dans lesquelles on aura fait bouillir des céréales et d'autres analogues. Pour remplir la seconde, il faudra tenir l'appartement du

---

(1) Pinel, nosographie philosophique, tome 1.er, page 114.

(2) Non sévère, mais telle que l'entend Hyppocrate (Du régime dans les maladies aigues ; Aphorismes sect. 1) , et comme on pourra le déduire de ce que j'ai dit ci-dessus et de ce que je dirai ci-après.

malade bien chaud, éloigner de son esprit toute
idée triste, toutes peines très-fortes, qui arrête-
raient le mouvement des organes dépendant de
sa volonté. Si ceci ne suffisait pas pour diminuer
la gravité des symptômes de la maladie, on fera
des saignées générales (1). On emploiera aussi
les saignées locales, qui augmenteront l'excitation extérieure par la tendance des humeurs
qu'elles font porter vers la partie qui les subit,
et par la désorganisation qui en résulte toujours
dans le système capillaire de cette partie. Si la
maladie, allant vers un mieux, a été longue, il
faudra diminuer la rigueur de la diète, faire
prendre des boissons, un peu plus excitantes, telles que les amères, les toniques, afin d'exciter les
fibres de l'estomac qui sont dans le moment
d'autant moins susceptibles d'être excitées, qu'elles l'ont déjà été beaucoup par la maladie, alors
les fonctions de l'estomac pourront se remplir.
On donnera des excitans d'autant plus forts que
l'individu paraîtra être affaibli par la maladie et
qu'elle a été plus longue; mais toujours jointe
aux nutritifs. Car cela ne peut être que dans le
dessein de reformer les humeurs, que l'on doit

_____

(1) Il ne faut jamais employer la saignée que dans le com-
mencement de la maladie et en petite quantité, car elle a l'in-
convénient en diminuant la masse des humeurs, d'empêcher
le rétablissement prochain de celles qui servent à entretenir le
corps humain, et d'augmenter par là la longueur de la conva-
lescence.

donner ces remèdes ; dans tout autre cas, on ne ferait qu'augmenter le dégré de gravité de la maladie. Ils ne doivent aussi être employés que lorsque les fonctions de l'estomac se font mal et qu'il ne peut digérer assez d'alimens pour soutenir les forces du malade. Il faudra encore faire attention de ne donner aucune boisson excitante, ni nourrissante, dans le moment des accès ou des paroxysmes, mais seulement dans leur intervalle.

En dynamique il est un principe général, qui sert à résoudre toutes les questions relatives au mouvement des corps, c'est que dans un système de corps liés entr'eux d'une manière quelconque, il y a équilibre entre les forces perdues et gagnées à chaque instant, multipliées par les masses de ces corps. Cela suppose que les forces accélératrices et les masses des corps composant le système qu'on considère ne changent en aucune manière. Il n'en est pas ainsi dans le corps humain : les agens extérieurs et intérieurs qui agissent sur lui, les pertes et les accroissemens de masse qu'il éprouve à chaque instant fera que par rapport à lui, si jamais on peut appliquer à l'art de guérir les formules rigoureuses des mathématiques, le principe que nous venons d'exposer ne pourra l'être qu'avec des modifications. Car à chaque instant, par les variations que nous venons d'énoncer, l'équilibre dynamique tend toujours à ne plus subsister. Dans l'état de santé, et pendant les légères indispositions qu'éprouve le corps humain, celui-ci est très-peu éloigné de l'état d'équilibre parfait, et dans cet état comme dans celui d'un système de corps qu'on a éloigné tant soit peu de l'état d'équilibre stable, il tend à y revenir. Dans l'état de maladie, le corps étant très-éloigné de l'état d'équilibre dynamique stable, il s'en écarterait indéfiniment, si on n'appliquait des efforts en sens contraire, par l'emploi des remèdes.

L'analogie, que nous venons d'établir entre le corps humain et un système de corps dans lequel les masses et les forces accélératrices changeraient à chaque instant, peut se poursuivre dans toute sa rigueur. Lorsqu'agissant sur ce système, une cause quelconque est assez puissante pour l'éloigner de l'état d'équilibre dynamique stable, au-delà du point où il tendrait à y revenir de lui-même, il existe plusieurs moyens d'empêcher qu'il ne passe ce terme (1). On peut rapprocher les corps qui s'éloignent du centre d'activité, ou éloigner ceux qui s'en rapprochent trop, rendre la masse perdue, ou dimi-

_____

(1) On voit ici que la médecine fait voir qu'on peut faire une nouvelle application des principes de la statique à la dynamique.

nuer la masse gagnée, ou faire chacune de ces
choses en même tems. En médecine pour rendre
à l'homme la santé, il faut agir de même. Nous
avons vu par exemple, pour la fièvre muqueuse,
que le canal alimentaire était plus excité qu'à
l'ordinaire, et que tous les organes dépendant
de la volonté l'étaient moins, nous en avons
conclu qu'il fallait diminuer l'excitation des organes où elle était augmentée, et augmenter
celle qui était diminuée. Mais comme en même
tems que l'état du canal alimentaire et des organes extérieurs change, l'état des humeurs qui
lubrifient ce canal et des fonctions qui se font
par son organe change aussi, à cause de la liaison qui existe entre toutes les parties du corps
humain, qui est telle que les solides, ne peuvent
éprouver quelque changement, que les humeurs
et les fonctions n'en éprouvent aussi, il s'en
suivra encore d'autres modes de traitement de
la fièvre muqueuse, que celui que nous avons
exposé.

Le premier sera celui exposé par M. Leroy (1)
qui consiste à émétiser et purger pendant l'intervalle des paroxysmes ou accès, jusqu'à ce
que les humeurs rendues par le corps humain
reviennent à l'état naturel et à ne pas empêcher

_____

(1) Leroy, médecine curative, page 126 et suivantes.

qu'il ne prenne de nourriture. Par là, ces humeurs qui avaient changé de nature et qui ex-
citaient fortement le canal alimentaire laissent
la place à d'autres qui l'exciteront moins, et si
d'un côté les remèdes tendent à augmenter l'irritation que cause la maladie, de l'autre ils la
diminuent en enlevant une partie des causes
qui tendaient à l'augmenter. En choisissant le
moment où la maladie donne au corps un peu
de repos, ils ne tendent qu'à en augmenter
faiblement les symptômes. Cette méthode,
comme l'on voit, doit guérir, si l'on ne va pas
en purgeant et en émétisant au-delà du terme
où l'on enlève les matières nuisibles. Comme le
but de cette méthode est d'enlever ces matières
le plutôt possible, et de n'enlever qu'elles, on
doit employer d'abord des remèdes forts et finir
par des remèdes faibles, et en même tems laisser
prendre au malade autant de nourriture qu'il en
peut digérer, afin de remplacer les humeurs par
d'autres qui excitent moins le canal alimentaire.
Si dans le premier mode de traitement nous
n'avons pas conseillé de prendre des vomitifs et
des purgatifs, c'est que nous avons supposé que
les humeurs, si elles parvenaient à se trop dé-
tériorer, exciteraient assez la membrane muqueuse interne pour être chassées par elle au
dehors. S'il n'en était pas ainsi, il serait bon

d'employer un léger purgatif, ou un léger éméti-
tique, suivant le siège de l'embarras, afin d'aider
la nature.

Le second mode de traitement est celui exposé par M. Brown (1), qui consiste à exciter
l'estomac, ou les intestins, non au point de faire
vomir ou de purger, mais à celui d'exciter assez
les fibres qui composent ces organes, pour qu'ils
remplissent dans l'état de maladie les fonctions
de l'état de santé. Il est évident que ces excitans,
pour remplir cette indication, doivent être d'autant plus forts, que la fibre a été plus excitée le
moment d'auparavant ; c'est celui du commence-
ment de la maladie et vers son *summum*. Vers son
déclin les humeurs étant moins éloignées de
l'état ordinaire, la fibre étant moins excitée a
moins besoin de l'être pour faire ce qu'on désire.
On doit donc alors diminuer de plus en plus la
dose des excitans. On doit, comme dans la méthode précédente, éviter, pour faire prendre des
remèdes, le moment des paroxysmes ou des accès, parce qu'à ce moment le canal alimentaire
ne pouvant remplir aucune fonction, ils ne ser-
viraient qu'à augmenter la gravité des symptômes de la maladie.

Dans les trois méthodes de traitement de la
fièvre muqueuse que je viens d'exposer et dans

_____

(1) Elémens de médecine de Brown, page 440 et suivantes.

léurs combinaisons peuvent se ranger les modes
de traitement donnés jusqu'à ce jour, ceux
d'Hyppocrate et de MM. Broussais, Pinel, Petit-
Radél, etc. : c'est pourquoi je n'en parlerai pas.

Mais s'il existe plusieurs manières de traiter
la fièvre muqueuse, toutes ne présentent pas des
avantages égaux. Car il ne suffit pas de guérir,
il faut encore en guérissant rendre le corps
humain le plus propre à pouvoir exister le plus
long-tems possible. On doit conclure de ce que
j'ai dit précédemment, que l'on est d'autant
plus près du terme de la vie, que l'ensemble de
notre corps a été plus excité, qu'il a été moins
renouvellé par la nourriture, et que des parties
de celui-ci ont été plus excitées que d'autres
proportionnellement, ce qui détruit la liaison
qui existe entr'elles et celles qui l'ont moins été.
Des trois manières de traiter que je viens d'exposer, la première qui en éloigne le plus notre
corps est donc celle qu'il faut préférer.

D'autres raisons encore doivent faire pencher
de son côté. Si j'ai dit qu'il est des circonstances,
où il faut s'écarter de la première méthode pour
se rapprocher de la seconde, c'est que j'ai supposé
que l'excitation de la membrane muqueuse interne et la dégénérescence des humeurs allait trop
vîte, pour que les adoucissans ne suffisent pas
pour l'arrêter. Cette supposition doit avoir très-

rarement son application pour la fièvre muqueuse, puisqu'elle est propre aux enfans , aux femmes , aux vieillards , aux tempéramens lymphatiques, dans lesquels les humeurs ont peu d'activité et les fonctions se font avec lenteur. D'un autre côté, l'inflammation qui est cause de cette maladie, doit être bien faible et marcher avec bien peu de vitesse , puisqu'un des symptômes qui fait distinguer cette fièvre de la fièvre gastrique, est que les accès ou paroxysmes ont toujours lieu le soir et le matin. Cela n'indique-t-il pas qu'il suffit de la légère excitation portée à l'extérieur par la veille , pour empêcher que l'inflammation intérieure n'ait qu'un effet faible sur le corps humain.

Avant de finir cette brochure , je ferai remarquer que des trois traitemens que je viens d'exposer, on devra d'autant plus employer le premier, que la fièvre suit une période plus longue entre les accès, puisqu'alors l'inflammation agira avec plus de lenteur; que la fièvre est intermittente au lieu d'être rémittente ; qu'elle est rémittente au lieu d'être intermittente.

Quel que soit le traitement qu'on emploie pour la fièvre muqueuse, il me semble que d'après ce que j'ai dit , on doit en conclure, surtout pour les deux derniers, qu'on devra ne pas se hasarder à les employer , sans avoir de grandes connaissances en médecine, avoir beaucoup lu et beaucoup vu, enfin, avoir ce tact qui n'appartient qu'à ceux qui sont dirigés par un bon jugement, de profondes réflexions, qui aiment leur art, et par-dessus tout, qui sont dirigés par cet amour de la vérité et de l'humanité qui nous fait chercher à diminuer toutes les souffrances du malade et à rectifier les erreurs commises par les Auteurs. Le malade devra ne mettre aucune confiance en des gens dont la présomption est telle que dans un art si difficile et encore si conjectural, ils croient faire en huit jours, six mois, ce qui est le travail de toute la vie d'une certaine classe d'hommes, sans qu'ils puissent parvenir à croire devoir le cesser. Si les premiers réussissent quelquefois dans les cas simples, ceux où l'état du malade est si peu éloigné de l'état de santé, que laissant la maladie à son cours naturel elle se termine bien, et s'ils réussissent par hasard dans quelques cas compliqués, dans combien d'autres ils aggravent les symptômes de la maladie, la changent dans d'autres plus alarmantes ou la rendent mortelle.

Dans tout ce qui précède, je n'ai voulu parler que de la fièvre muqueuse, telle qu'elle est décrite par M. Pinel (1); j'ai dû écarter toute au-

_____

(1) Nosographie philosophique de Pinel, tome I.

tre question, même ne pas traiter les questions
incidentes dont parle notre Invalide , mon intention ne devant être que de prouver au public,
que si *l'autopsie cadavérique , qui a été faite en
ma faveur, a été faite sans utilité pour moi, ce
qu'il ne m'appartient pas de juger, ce n'était
pas le seul plaisir de mutiler un cadavre, qui
m'a fait désirer que notre opérateur anatomiste
la fît.*

L'Amateur,

P. E. M.

www.ingramcontent.com/pod-product-compliance
Lightning Source LLC
Chambersburg PA
CBHW061620180626
46818CB00005B/2166